Elisabeth Schnürer

KRUWU

illustrationen gilbert bretterbauer

SCHLEBRÜGGE.EDITOR

1 Kruwu kauerte in einer feuchten Höhle und starrte vor sich hin. Die Höhle lag unter einem großen alten Rosenstrauch in einem verwilderten Garten. Er hatte sie nach langem Herumirren gefunden. Das war vor drei Tagen gewesen.

2 Bis dahin hatte er bei einem Mann und einer Frau gewohnt. Was heißt gewohnt? R e s i d i e r t . Er hatte 250 Quadratmeter für sich alleine gehabt. Fast für sich alleine. Denn tagsüber war eine Haushälterin da gewesen – aber nicht für ihn. Sie ist vor ihm davongelaufen.
Kruwu war ein Ziertier ohne Familienanschluss. In dieser Wohnlandschaft gab es auch eine Dachterrasse mit Swimmingpool. Und was hatte er davon gehabt? Nichts.
Er kann nicht schwimmen.
Abends (nie vor zwanzig Uhr) kamen der Mann und die Frau von der Arbeit. Sie sahen dann ziemlich erschöpft aus. Der Mann war Werbetexter. Die Frau leitete eine Firma. Beides war sehr stressig. Sie hatten keine Kinder. Kinder brauchen Zeit. Zeit jedoch war Luxus für die zwei.

3 Der Mann und die Frau waren superreich. Das hatte Kruwu schon geschnüffelt, als er sie zum ersten Mal gesehen hatte. Es war auf dem Blumenmarkt von Mumbai gewesen.

4 Mumbai ist eine großegroße Stadt in Indien. Was heißt großgroß? M e g a ! Kruwu ist ein Megastadtkind. Fünf Jahre alt, fünfzehn Zentimeter hoch und mit allen Wassern des Straßenlebens gewaschen. Mit anderen Worten: Zäh wie die alten Kamelleder-Schuhe, die sein Herr und Meister trug. Sein Herr hieß Saisa. Saisa, der Schuhputzer. Er hatte Kruwu im Tierasyl gekauft.

5 Der Mann und die blonde Frau waren Touristen aus der westlichen Welt. Und wie sich Touristen eben vorstellen, dass man alles probieren muss, wenn man touristet, ließen sie sich auch ihre Schuhe putzen. Feinstes Ziegenleder! Sie in blassmimosengelb. Er in straußeneierweiß. Ein Paar auf Hochzeitsreise.

6 Saisa putzte. Lange und sanft. Von links nach rechts, von hinten nach vorne und im Kreis. Mit drei verschiedenen Bürsten, drei verschiedenen Pasten und drei verschiedenen Glanzlappen. Saisa war der beste Schuhputzer der Stadt. Kruwu, der auf seiner linken Schulter saß, beobachtete und kombinierte: Honeymooner in Urlaubslaune bringen Kohle. Extra-Kohle. Die Chance, dass Saisa heute und den Rest der Woche nicht mehr auf den Markt musste und mit ihm in die Pantomimenschule gehen konnte, verleitete Kruwu zu einem Experiment. Besser gesagt, er wollte testen, wie es mit seinen Verführungskünsten stand.

7 „Verführung" war ein Hauptfach in der Pantomimenschule. Kruwu war begabt. Sozusagen ein Naturtalent. Ohne viel Probieren konnte er Worten Gesichter geben. Niemand aus der Klasse schaute aus dem Stand so todtraurig wie das kleine schwarz befellte Wesen. Keine und keiner strahlte so sonnenscheinmäßig. Sein palmzuckersüßer Augenaufschlag war unerreicht. Das war gut für das Geschäft. Je besser die Verführung, desto mehr

Kunden. Saisa war nicht der einzige, der sich einen Lockvogel leistete und ihm sogar die Ausbildung zahlte.

8 Alle Meister auf dem Blumenmarkt hatten ihr Markenzeichen. Die meisten einen Papagei, der sprechen konnte. Andere einen tanzenden Affen, manche riesendicke, wild gemusterte Schlangen, die in einem Bambuskorb zusammengerollt vor sich hindösten.

9 Eines aber war allen Meistern gemeinsam: Sie wollten so viel wie möglich Käuferinnen und Käufer. Und jeder von ihnen wusste: Eine Aufsehen erregende Werbung war die halbe Miete. Das kam den Tieren hier zugute: Sie wurden gepflegt und gefüttert, gekuschelt und umsorgt wie es viele Kinder nicht wurden. Kinder brachten schließlich kein Geld – außer man schickte sie zur Arbeit, aber das taten nur die ganz armen Eltern. Die Standbesitzer auf dem Blumenmarkt waren zwar nicht reich, aber auch nicht arm. Gierig waren sie alle.

10 Kruwu war eine erstklassige Investition. Er erregte außergewöhnlich viel Aufsehen. Denn er hatte etwas, was man hat oder eben nicht: Wo immer er hinkam, fiel er auf. Das lag an seinem Wesen. Er war das geborene Scheinwerfergeschöpf. „Der wird es noch einmal weit bringen", hatte Ala, sein Pfleger im Tierasyl gesagt, als er ihn an Saisa verkaufte. Dabei war Kruwu keine Schönheit. Das kleine Tier war weder langbeinig, noch schmalhüftig, weder schmollmundig noch feingliedrig. Im Gegenteil. Seine Figur ähnelte einer Birne im Pelz, die auf Stummelbeinen daherwieselte. Aus dem Gesicht aber blitzten unter geschwungenen seidigen Wimpern dunkelbraune, kluge Augen. Die waren wirklich zum Niederknien. Kruwus Lippen allerdings waren zum Vergessen: Dünn wie Bindfäden! Seine Nase ähnelte einer Schokobanane. Und als wäre das nicht schon genug, saß auf ihrer Spitze eine schwarze, immer feuchte Riech-Knolle. Wenn Kruwu sein Spiegelbild in einem Schaufenster sah, war er alles andere als begeistert. Aber es war ihm egal. Er hatte schließlich Qualitäten.

11 Auch seine Lehrerin prophezeite ihm eine brillante Zukunft. Nach jeder Stunde sagte sie: „Du wirst es noch einmal weit bringen, Kruwu!" Alleine wegen dieser Worte wollte er so oft wie möglich zur Schule. Er konnte nicht genug bekommen davon. Er war süchtig nach Lob. Und eitel. Und selbstverliebt. Typisch Star eben!

12 Jetzt – ausgerechnet bei zwei Fremdlingen – wollte er sein neuestes Kunststück testen. Er wollte, was alle Scheinwerfergeschöpfe wollen: Ihre uneingeschränkte Aufmerksamkeit. Ihre absolute Zuwendung. Ihren Applaus. BRAVO war der Ruf, den alte und junge, begabte und weniger begabte, berühmte und null berühmte Künstlerinnen und Künstler ersehnten.
BRAVO war die Krönung jedes Auftritts.
BRAVO war Magie. Je länger, je lauter, je lieber.

13 BRAVO! BRAVO! BRAVO!
Kruwu wollte es hören. Oft und laut. Hier und heute. Behende kletterte er auf Saisas Turban – der hatte sich heute einen aus karmesinroter Seide um

seine silbergrauen Haare gewickelt – und suchte sich eine Stelle, auf der er gut stehen konnte. Das war gar nicht so einfach, weil der Meister ja die Schuhe des Fremdlings putzte und dabei sein Kopf sanft auf- und abschaukelte. Kruwu fühlte sich wie auf einer Dschunke.

Am sichersten war es, wenn er sich breitbeinig am oberen Hinterkopf platzieren würde. Das tat er auch.

14 Dort richtete er seinen Pelzkörper auf und fixierte die drei Zweibeiner. Dabei machte er „Huiuh! Huiuh! Huiuh!" was auf „menschig" (so nannte er die Laute, mit denen sich die Menschen verständigten) soviel wie „Super! Super! Super!" bedeutete.

15 Die blonde Frau hob ihren strohhutbedeckten Kopf, sah ihn und war begeistert. Mit Sirenenstimme rief sie „Schau! Sweetie, schau!" Dabei klopfte sie ihrem Sweetie aufgeregt auf die rechte Schulter. Sweetie war der Mann, dem Saisa die straußeneierweißen Schuhe schon minutenlang polierte. ‚Das wird teuer werden', dachte Kruwu. Er hatte nichts

dagegen. Er nützte die Gelegenheit. Die Aufmerksamkeit der Dame musste gesteigert werden! Kruwu griff in seine Hauttasche, die er – wie die Kängurus – vorne am Bauch, knapp unter seinem Nabel hatte. Aus ihr kramte er zehn spitze hohe Hütchen aus buntem Stanniolpapier hervor. Die setzte er auf seine zehn Fingerspitzen. Zwischen jeder Setzung machte er einen Augenaufschlag, der die Fremdlingsfrau zu zehn „Wie süüüüüüüüüüüüüüüüüüß!" hinriss.
Dann begann das Spiel. Kruwu ließ seine Finger tanzen. Er zeichnete mit ihnen verschlungene Figuren und geheimnisvolle Zeichen in die Luft. Dazu kreiste und wiegte er seine Hüften, so wie er es bei den Tempeltänzerinnen im Tempel des Ganesha gesehen hatte.

16 Ganesha ist der Gott mit dem Elefantenkopf, der alles aus dem Weg räumt, was sich den Menschen in den Weg legt. Glauben sie zumindest. Und Glauben versetzt ja bekanntlich Berge. Außerdem achtet er, dass die Menschen nicht zu dumm werden. Er ist nämlich auch der Gott der Gelehrsamkeit. Langweile wird ihn demnach nie plagen.

17 Saisa pilgerte vor geraumer Zeit zu ihm, weil er seine neue Schuhputzerkiste nicht auf dem Blumenmarkt aufstellen durfte. Nooa, der andere Schuhputzer, war neidisch auf die in glänzendem Violett lackierte Kiste und erzählte dem Marktaufseher böse Lügengeschichten über Saisa. Etwa, dass er für seine Putzdienste mehr als das amtlich vorgeschriebene Honorar verlange und dafür keine Steuern bezahle. Dann legte Nooa noch eine Schaufel nach: „Womit, denken Sie, hat sich dieser drittklassige Putzerling wohl die neue Kiste finanziert??? Mit dem Schwarzgeld hat er sich die neue Kiste finanziert! Das habe ich über drei Ecken gehört!"
Der Marktaufseher sagte kein Wort und machte sich wieder auf seine Aufseher-Wege.

18 Der eigentliche Grund für Nooas Neid aber war nicht die Kiste an sich, sondern der ledergepolsterte Lehnsessel, der auf ihr montiert war. Auf dem nahmen nämlich die Kunden und Kundinnen öfter Platz als auf Nooas hartem, hölzernem Hocker. Das allerdings hatte er dem Marktaufseher verschwiegen. Schließlich war es einfacher,

einen Konkurrenten madig zu machen als sich den Kopf über neue Geschäftsideen zu zerbrechen.
Nooa war faul.

19 Nach drei Runden durch den Markt und einem Besuch in der Teestube hatte der Aufseher sein Urteil im Sessel-Kisten-Skandal gefasst. Es lautete: Platzverbot auf Lebenszeit. Das waren die Höchststrafe und der Todesstoß für Saisas Schuhputzerei.

20 Der Fall „Sessel-Kiste" war eindeutig ein Fall für Ganesha. Bereits einen Tag nach der Verbannung pilgerte Meister Saisa zum Elefantenkopfgott. Er legte ihm duftende Blumengirlanden um den faltigen, dicken Hals, zündete ein Bündel Räucherstäbchen an und brachte ihm frische Mangos. Dann versank er für eine Stunde im Gebet.
Derweil sah sich Kruwu bei den Tänzerinnen um. Er war fasziniert von ihrer Anmut, ihren stark geschminkten Gesichtern, ihren Seidengewändern. Warum sollte nur der Meister auf seine Rechnung kommen?

21 Ein paar Tage nach dem Besuch im Tempel klopfte es an Saisas Tür. Es war der Aufseher. Er sagte nur: „Saisa, stell' deine Kiste auf. Nooa ist ein Lügner!" Dann drehte er sich um und ging. Die Geschichte war ihm peinlich. Als Entschädigung für den Rufmord bekam der Meister den besten Platz am Markt: direkt neben der Teestube. Stolz erhobenen Hauptes stellte Saisa seine Sessel-Kiste wieder auf.

22 Vom ersten Tag an standen die Einheimischen Schlange, um sich vom besten Schuhputzer der Stadt mit dem originellsten Lockvogel und dem bequemsten Sessel die Schuhe putzen zu lassen. Die Rupien rollten und rollten und rollten. Nicht nur in Saisas Geldbeutel. Der Meister und sein Maskottchen belebten das gesamte Marktgeschäft.

23 Saisa und Kruwu zogen aber auch Scharen von Touristen an. Die ließen sich nicht nur ihre Schuhe pflegen, sondern kauften außerdem bei den Blumen- und Obstverkäufern, den Tuchhändlern und den Zuckerwattespinnern. Kurz und gut,

innerhalb weniger Wochen wurde das ungewöhnliche Paar verehrt wie eine goldene Kuh. Und da in Indien Kühe bekanntlich heilig sind, galten die zwei bald für heiliger als heilig: Brachten sie doch den lang ersehnten Geldregen.

24 Logisch, dass die blonde Frau und der Mann aus dem Abendland den Meister und sein tanzendes Maskottchen DIE ATTRAKTIVSTE ATTRAKTION VON MUMBAI, die der Stadtführer zu bieten hatte, unbedingt sehen mussten. (Schließlich will man ja über Exotisches berichten, wenn man im exotischen Ausland gewesen ist.) Die beiden wurden nicht enttäuscht.

25 Kaum hatte Kruwu seinen Fingerspitzen-Tanz beendet, rief die Frau: „Den muß ich haben, Sweetie!" „How much?", sagte sie zu Saisa und zeigte ungeduldig auf die Spitze seines Turbans. Saisa hob seine Lider ein wenig höher als gewöhnlich und schüttelte langsam seinen Kopf. Seinen Turban gab er nicht her!
„No, no, not the hat!", sagte sie, „The animal! I want

the animal!" Saisa neigte seinen Kopf auf die linke Seite – und nach einer Weile auf die rechte Seite. Unerträglich lange sagte er nichts.

26 Von Kruwus Nasenspitzenknolle tropfte der Schweiß. Er fühlte sich ausgebrannt und weit, weit weg von allem, was rund um ihn war. Und er wartete auf Applaus.
Auf „BRAVO!"
Auf „ZUGABE!"
Vergebens.
Kein Applaus.
Kein „Bravo!"
Kein „Zugabe!"

27 Einzig die Stimme der Blonden schrillte zu ihm herauf: „I want the animal!" „THE ANIMAL!" Das war ER.
Trotz der Hitze fröstelte es ihn plötzlich. Er witterte Gefahr. Er spürte, dass Saisa zögerte – und hoffte zugleich, dass ihn sein Gefühl täuschen würde. Saisa war doch ein schlauer Geschäftsmann! Ohne ihn wären seine Dienste nur halb soviel wert! Er war

schließlich „die halbe Miete", das betonte der Meister doch jedes Mal, wenn er mit seinen Freunden beim Tee saß! Aber Saisa sagte nicht „No!" Saisa sagte zur Blonden: „Come tomorrow again!"

28 Kruwus Herz klopfte bis zur Schädeldecke. Sein Körper war jetzt heißer als die heißeste indische Mittagshitze. Mit letzter Kraft hantelte er sich vom karmesinroten Turban hinunter auf Saisas rechte Schulter und kuschelte sich an seinen Hals. Dann begann er leise zu wimmern.

29 Saisa putzte noch rasch die Schuhe der Blonden, kassierte (nicht wenig) und versperrte (früher als gewohnt) seine Kiste. Dann kaufte er bei seinem Freund, dem Mangobauern, zwei butterweiche Mangos, ein Kilo der besten Cashew-Kerne und frisches Joghurt. Nach einer Einkehr im Teehaus ging Saisa mit seiner „halben Miete" nachhause. Heute sollte der Kleine ein Festmahl bekommen!
„Der Kleine" hatte sich in eine der großen Jackentaschen des Meisters verkrochen. Er zitterte.
Er fühlte sich leer und verloren. So wie damals, als

man ihn, in ein Tuch gewickelt, vor die Tür des Tierasyls gelegt hatte. Den Kindern seiner ersten Besitzer war das Haustier lästig geworden. Also weg damit! Das Spielzeug hatte ausgedient, es konnte gehen.
So wie jetzt. Kruwu ahnte das Ende seiner Vorstellung vom Glück. Als der Meister ihn zuhause ans Licht holte, war sein Fell tränennass. Kruwu schleppte sich zu seinem Strohbett und schlief sofort ein. Er träumte nichts.

30 Am nächsten Morgen erwachte er bevor es dämmerte. Er hatte Durst. Seine Augen brannten. In seinem Kopf hämmerte es: „I want the animal!" „I want the animal! The animal! "
DAS TIER! DAS TIER! DAS TIER!
Er fühlte sich nicht als T I E R!
Er war ER!
Der künftige Star von Mumbai!
Und er wollte nicht fort! Um keinen Preis! Seine Karriere hatte doch eben erst begonnen! Er liebte den Blumenmarkt mit seinen tausend Düften und Tönen, den vielen Menschen, dem Geschrei und der Hitze und auch den Gestank der Abgase, den der

Wind an manchen Tagen von der Straße herüberwehte. Der Markt war sein Paradies! Seine Bühne! Er brauchte das Chaos und das Gewimmel. Hier war sein Lebensplatz!

31 In der Küche hörte er den Meister. Er schlürfte den Morgentee. Normalerweise konnte Kruwu dieses Geräusch nicht ertragen. Heute wünschte er, dass es niemals enden würde. Aber es endete. Wie immer um die gleiche Zeit: Um sechs Uhr. Kurz danach holte ihn der Meister und gab ihm frischen Mangosaft. Kruwu trank ihn in einem Zug aus. Dann steckte ihn der Meister zusammen mit ein paar Cashew-Nüssen in einen Stoffbeutel, lud die Sesselkiste auf einen Leiterwagen und ging zum Markt. Wie immer. Und wie immer brummelte er dabei fröhlich vor sich hin. Kruwu wurde stocksteif vor Wut. Der Alte hielt ihn wohl für total blöd! Und sich selbst natürlich für superintelligent! Typisch Mensch! In die Wut mischte sich tiefschwarze Traurigkeit. Wieder einmal wurde er im Stich gelassen! Verlassen! Und es tat jetzt mehr weh als damals, als er ins Tierasyl entsorgt wurde.

32

Bei Saisa hatte er seine Heimat gefunden. Zum ersten Mal in seinem Leben. Saisa war anders als andere Menschen gewesen. Er hatte ihn ernst genommen. Er hatte begriffen, dass in ihm eine Künstlernatur steckt.

Saisa war seine große Chance gewesen. Und jetzt? Aus. Vorbei. Der Alte würde ihn bald um viel Geld an die zwei Fremdlinge verkaufen. Sie waren SEINE große Chance. Mit der Summe würde er es sich bis an sein Ende gut gehen lassen können.

Kruwu kauerte in seinem finsteren Beutelkäfig und hoffte trotz allem. Vielleicht würde es sich der Meister doch noch überlegen!? Er hauste ja alleine in seiner winzigen Wohnung am Rand der Stadt. Er hatte weder Frau noch Kinder. ‚Ohne mich', dachte Kruwu, ‚wird es Saisa langweilig werden.' Wer würde ihn denn jeden Abend mit Grimassen und Tänzen unterhalten? Wen würde er streicheln können? Mit wem Fangen spielen?

In dem Moment schob sich Saisas Hand in die Tasche, packte ihn um die Mitte und zog ihn heraus. „Sooooo, mein Kleiner! heute ist unser letzter Tag! Ganesha sei Dank! Ich, Saisa, der beste Schuhputzer

der Stadt und du, das beste Locktier des Blumenmarktes, haben es überstanden. Nie wieder arbeiten!"
Kruwu klammerte sich an den Daumen des Alten. Dann sprang er blitzschnell auf den Lehmboden, von da auf die Kiste und dort schlüpfte er unter den Sessel.

33 Er war in Sicherheit! Hier würde ihn der Arm des Meisters nicht erreichen!
Er hörte ihn toben.
Er hörte ihn fluchen.
„Verdammtes Miststück, du undankbares, du!"
Und schließlich mit honigsüßer Stimme locken
„Kruwuchen! Bittebittebitte komm'!"
Es nützte nullkommanichts.
Kruwu rührte sich nicht von der Stelle.

34 Er hörte die schrille Stimme der Blonden.
„Good morning, Mister Saisa! Where is the animal?"
Schon wieder: DAS TIER!!! Kruwu stellte die Rückenhaare auf.
Sie suchten ihn jetzt zu dritt. In der Kiste. Unter der Kiste. Rund um den Sessel. Und – Alarmstufe rot!!!! –

UNTER dem Sessel. Drei Hände tasteten Zentimeter für Zentimeter die Holzbretter ab. Eine Männerhand kam näher und näher. Sie gehörte Saisa.

35 „Jaaaaaaaa, wen haben wir denn da????", keuchte der Alte, als er das bebende Pelz-Bündel ans Tageslicht zerrte. Er schwenkte Kruwu über seinem Turbanungetüm wie eine Trophäe hin und her.
Dann ging alles drunter und drüber. Saisa presste ihn mit beiden Armen auf die Kiste, Sweetie riss ihm das Maul auf und die Blonde goss dem wehrlosen Kruwu sirupsüßen Saft hinein. Es war ein Betäubungsmittel.
Es wirkte in der Sekunde.

36 Die Blonde legte den schlaffen Tierkörper in eine Schachtel mit Luftlöchern. Sweetie gab Saisa ein dickes Kuvert. Gierig riss er es auf und zählte die Scheine.
Er sagte „Okay! Thank you and good luck!"
Die zwei sagten auch „Okay! Thank you and good luck!" und riefen „TAXI! TAXI!"

37 Als Kruwu wieder zu sich kam, fröstelte ihn. Es war stockdunkel. Es roch nach Sandelholz. Er mochte diesen Geruch nicht. Ihn ekelte. Er lag auf etwas Weichem.

Ein Polster? Vielleicht. Vorsichtig tastete er neben sich. Auch weich. Auch polstrig. Nicht unangenehm. Dann robbte er in irgendeine Richtung. Und stieß an etwas Hartes. Eine Wand! Er richtete sich auf. Tapste weiter. Plötzlich war der Widerstand weg. Seine Pfoten zuckten zurück. Wieder etwas Weiches. Aber ein anderes als das polstrige Weiche. Ein Stoff? Vielleicht. Jedenfalls gab das Etwas nach und öffnete sich nach vier, fünf Schritten. Kruwu steckte seine lange Nase durch den Spalt und schob das stoffige Ding beiseite. Er machte seine Augen so weit wie möglich. Er sah ein weniger dunkles Dunkel und weit weg: LICHT! Es fiel aus einer offenen Türe. Von dort kamen Stimmen. Bekannte Stimmen. Sie gehörten der blonden Frau und ihrem Sweetie. Kruwu hielt den Atem an. Wo war er?

Er war müde und hungrig. Er wollte sterben. Kruwu erschrak. Das wollte er noch nie! Er rieb sich die Augen, richtete sich kerzengerade auf und murmelte:

„SEI KEIN WEICHLING, KRUWU! SEI STARK!"
Dann marschierte er schnurstracks auf das erleuchtete Viereck zu.

38 Auf der Türschwelle blieb er stehen. Er sah die Blonde und Sweetie. Sie saßen an einem langen Tisch und tranken Tee. Demnach musste es spät nachts oder früh morgens sein. Kruwu fühlte sich jetzt ganz stark. Und mörderisch wütend. Gleich würde er platzen! Mit einem quietschhohen Pfiff stürmte er in das Zimmer.
Die Blonde und Sweetie fuhren wie vom Blitz getroffen herum und starrten ihn an, als wäre er ein Gespenst. Sie waren bleich wie die Lotusblumen vom Tempelteich. Sie fürchteten sich! ‚Vor mir! Dem kleinen Kruwu!'
Stolz – und kein bisschen wütend mehr – ging er auf sie zu. Vor ihren Füßen stoppte er, fixierte sie und rieb sich den Bauch. „Jajajaja!", flötete sie, „du kriegst ja gleich dein Pappi!" Pappi?! Papperlapappi! Er wollte kein Pappi! Er wollte etwas zum Fressen! Mangos! Cashew-Nüsse! Joghurt! All das kriegte er dann auch. Es schmeckte nach daheim.

39 DAHEIM!
Er hatte Sehnsucht!
Nach Saisa.
Nach dem Blumenmarkt.
Nach der Hitze in Mumbai.
Nach seiner Schlafecke in Saisas Hütte.
Nach der Pantomimenschule.
Nach Ganesha und den Tempeltänzerinnen.
Er wollte heim!
‚Heim! Heim! Heim!', dachte er. Immer und immer wieder. Kruwu hielt sich mit beiden Händen Mund und Nase zu. Er wollte keine Luft mehr bekommen. Nie wieder! Er wollte nichts mehr denken. Er wollte nichts mehr spüren. Er wollte ins Nichts verschwinden. Endlich Schluss!

40 Aber es war noch nicht Schluss. Kruwu erwachte aus der Ohnmacht und sah blau. Ein strahlendes Ultramarin-Blau. „Der Nachthimmel über Mumbai!", flüsterte er.
Doch es war weder Nacht noch der Himmel. Das Strahlen kam von der Morgensonne, das Blau von einem Vorhang. Er hing anstelle einer Türe vor der

Hütte aus feinstem Sandelholz, in der er lag. Es war die Hütte, in der er nach der Entführung aufgewacht war. Sie sollte sein Zuhause werden. So hatte es sich die Blonde ausgedacht.

41 Die Blonde! Er mochte sie nicht. Sie hatte ihm das eingebrockt! Sie war wie ihre Stimme: eine Schrillschraube. Schrillschraube passte zu ihr wie der Deckel auf den Topf. Kruwu kicherte. Er liebte es, Namen zu erfinden.

Die Schrillschraube näherte sich. Sie schob den Vorhang zur Seite und sagte mit besorgter Miene: „Wie geht es denn dem Kleinen? Na du!? Na du!?" Und während sie andauernd „Na du!? Na du!?" sagte, versuchte sie, ihn zu streicheln. Kruwu fauchte und schnappte nach ihrer Hand. Die Schrillschraube entfuhr ein hohes „Huuccchh!" Sie zuckte zurück und verschwand. Annäherungsversuch abgewehrt! Eins zu Null! Zufrieden rollte er sich zusammen, legte seinen Kopf auf die Pfoten und begann zu grübeln. Beim Grübeln war er immer zu Klarheit gekommen. So auch jetzt. Er beschloss, um seine Freiheit zu kämpfen.

Wäre doch gelacht, wenn er, Kruwu, das Straßenkind aus Mumbai, der Star vom Blumenmarkt, aufgeben würde!

42 Draußen fiel eine Tür ins Schloss. Die Luft war rein. Kruwu kroch aus seiner Hütte.
PHHAAA!
So etwas, wie das hier hatte er noch nie gesehen! Ein RIESENRIESEN-Zimmer mit RIESEN-RIESEN-Glastüren links von ihm und RIESEN-RIESEN-Fenstern rechts von ihm. Und dahinter: Der wirkliche Himmel! Ein sonnenheller Morgenhimmel! Am Boden lag ein lindgrüner RIESEN-Teppich mit orientalischem Muster. Darauf standen Möbel, die er nur von den Auslagen der teuersten Möbelgeschäfte von Mumbai kannte. Protzige Prachtstücke!
Auf der RIESEN-Wand vor ihm hingen kleine, bunt gefleckte Dinge. Eigenartig. (Kruwu kannte keine abstrakte Kunst. Woher auch?). Durch eine RIESEN-Türe schaute man in ein anderes RIESENRIESEN-Zimmer. Und von dort ging es anscheinend weiter. Ganz hinten jedenfalls war noch eine RIESEN-Türe. Sie war geschlossen.

Kruwu war überwältigt. Er fühlte sich wie eine Ameise im Taj Mahal.
(Das ist das indische Mega-Grabmal, das ein Mogulkaiser für seine verstorbene Lieblingsfrau erbauen ließ. Saisa hatte ein Foto davon gehabt.)
Kruwu hockte sich vor diese Wohnpanorama-Landschaft und betrachtete sie. Je länger er hockte und sie betrachtete, desto mehr wurde er wieder er: der fünfzehn Zentimeter große, schwarz befellte Kruwu, fünf Jahre alt, im Augenblick nicht sehr glücklich, aber guter Dinge.
Er war fest entschlossen zu fliehen. Egal, wo er landen würde.

43 Vorerst jedoch saß er hier fest. Ein Fenster war zwar einen Spalt offen, aber unerreichbar. Zu hoch oben. Und die Flügeltür? Bummfest zu. Er musste also warten. Kruwus Nasenspitze wurde schlaff und trocken. Wie immer, wenn er auf etwas warten musste. Warten war das Letzte! Das Letzte vom Letzten aber war Stille. DIESE Stille DA!
Sie würde ihn noch wahnsinnig machen!

44 Plötzlich war Schluss mit Stille. Im Nebenzimmer machte es SCHHUUhhSCHUUh-SCHHUUhh .... SCHUUuuuhhh ....
Irgendetwas bewegte sich in seine Richtung. Kruwus Nasenspitze reckte sich. Das Geräusch kannte er! Es klang nach Saisa. Eindeutig. Das war sein Morgenschlurfen! Genauso hatte es sich angehört, wenn Saisa in der Küche für sich und ihn das Frühstück bereitete.
Apropos: Er hatte Hunger!
Das SCHuSCHuSCHuSCHu wurde kurz schneller. Kam näher. Und näher. Und ...... Aber, Saisa konnte es nicht sein ....

.... SCHHHUUhSCHHHUUhSCHHHHUUUhh ......

Jetzt war es ganz nah. Kruwu kroch unter den Fauteuil neben der Tür. Von hier aus konnte er alles beobachten. Kaum hatte er sich bretterflach hingelegt, verstummten die Schlurfschritte. Kruwu lugte zum Türrahmen – und sah ein Paar weit aufgerissener, schwarz umrandeter Augen in einem runden teebraunen Gesicht. Es war das Gesicht einer Frau. Einer indischen Frau! Indien war zu ihm gekommen! In einem rosaroten Sari! Auf zwei goldenen Pantoffeln! Und mit vielenvielen glänzenden Reifen an den Oberarmen!

Die Frau stand steif wie eine Tempelstatue. In der rechten Hand hielt sie eine Schüssel, aus der Dampf aufstieg. Mit der linken presste sie ein weißes Tuch vor Mund und Nase. Komisch. Der Dampf roch nach Kardamom, Zimt und Vanille. Kardamom-Zimt-Vanille war wie Schokoladepudding mit Himbeersauce. Man wurde süchtig danach. Unmöglich, dass ihr davor graute!

Aber eigentlich war es egal, was sie dagegen hatte. Er hatte einen Riesen-Bären-Frühstückshunger.

Na endlich, die Tempelstatue bewegte sich!

Sie spähte langsam nach rechts. Und nach links.

Und wieder nach rechts und so weiter. Sie suchte ihn! Kruwu wurde glühheiß. Jemand suchte ihn! Was heißt: Jemand? Diese wunderschöne indische Frau suchte ihn!

Er rutschte auf allen Vieren aus seiner Deckung, richtete sich, ruckzuck! auf, entstaubte sein Fell und begann zu singen. Ja, Kruwu konnte auch singen, aber nur, wenn er vor Freude fast platzte oder die Liebe spürte. Schon eines alleine kam selten vor. Beides zusammen war eine Sensation. Sein Liebes-Freuden-Gesang hingegen eine Katastrophe.

Kruwu krächzte wie eine heisere Nachtigall.

Warum, verdammt, sah sie ihn nicht endlich an?

Kruwu steigerte sich zu rostigen Silberglocken.

Es war zum Steinerweichen, aber es wirkte. Die Frau neigte ihren Kopf in seine Richtung. Kruwu schraubte seine Stimme höherundhöherund – drei, zwei, eins: Sie sah ihn an!

DIESE AUGEN !

Diese indischen Augen! Die Augen einer Göttin!

Sie verschlugen ihm die Töne. Einen Atemzug lang war alles wie gefriergetrocknet. Kein Laut, keine Bewegung, kein Geruch.

Absoluter Stillstand. Nur diese rosarote Göttin auf goldenen Pantoffeln.

Kruwu schwebte auf Wolke sieben. Er bewegte sich auf sie zu.

Die Göttin bückte sich – und knallte – ruckzuck! – die Schüssel mit dem nicht mehr dampfenden Haferbrei auf den Boden, dann drehte sie sich – ruckzuck! – um und lief, das weiße Tuch noch fester vor Mund und Nase gepresst, davon.

45
Alles in ihm wurde bleischwer.
SIE LIEF VOR IHM DAVON!
SIE MOCHTE IHN NICHT!

Dabei liebte er sie doch! Vom ersten Augenblick an hatte er sie geliebt.

Am Ende des anderen Zimmers knallte eine Tür ins Schloss.

Kruwu stand da und stierte ins Leere.

Irgendwann ist er in seine Hütte getrottet und hat sich in den Schlaf geweint.

46
Die Frau saß mittlerweile neben einem Berg Gemüse beim Küchentisch und weinte auch.

Aber nicht, weil sie einsam und traurig war. Sie hatte eine Pelztierallergie. Und Kruwu war ja bekanntlich ein Pelztier.

Tula, so hieß die Frau, war die Haushälterin der Blonden und überdrüberempfindlich. Schon wenn sie das Wort „Pelz" dachte, schossen ihr Tränen in die Augen, begann die Nase zu rinnen und sie nieste und nieste und nieste. Das konnte bis zu sechshundert Nieser dauern. (Tula zählte immer mit. Das machte die Niesattacken erträglicher.) Dieses Mal war die Qual, Shiva* sei Dank, nach dem fünfundfünfzigsten vorbei. Demnach dürfte das Tier nicht hochgefährlich sein. Trotzdem, sie würde es meiden wie den bösen Blick.

Tula schnaufte – das tat sie immer, wenn sie aufgewühlt war – und kramte nach dem weißen Tuch. In irgendeiner Kleiderfalte musste es sein! Irrtum! Es war im Ausschnitt. Dorthin hatte sie es in ihrer Panik gesteckt. Sie fächelte sich damit Luft zu. Ihr Gesicht färbte sich von schwarz wie Ebenholz zu teebraun. Tula hatte sich beruhigt. Leise vor sich hin summend, machte sie sich daran, aus dem Gemüseberg einen Haufen Gemüseschnitzel zu schnipseln.

Am Abend würden Gäste kommen.
Madam wollte eine indische Tafel.
Sie war ganz versessen auf alles Indische.

* Shiva, „der Gütige", ist der Gott der Auflösung und
Zerstörung und der Vater vom Elefantenkopfgott Ganesha

47 „Tula!", hatte sie in der Früh aus dem Bad gerufen.
„Yes, Madam?!"
„Kochen Sie uns doch heute diesen himmlischen, süßsauren Fenchel-Kürbis-Auflauf, dazu Duftreis mit Minze, Pinienkernen und Shrimps und als Vorspeise die scharfe Rote-Linsen-Suppe. Ja?"
„Yes, Madam."
Tula war beim Herd gestanden und hatte bedächtig in einer Schüssel mit Haferbrei gerührt.
„Außerdem hätte ich gerne Kokos-Ingwer-Drinks und als Dessert Mangocreme mit Zitronensorbet."
„Yes, Madam."
„Und, Tula, dass ich nicht vergesse: Die Kerzen bringe ich. Ich komme um sieben. Sweetie etwas später und unsere Freunde um acht. Wir sind dann zu sechst. Ja?!"

"Yes, Madam."
Die Blonde war dann zum großen Spiegel im Vorraum gegangen. Ein letzter, prüfender Blick:
‚P e r f e k t!'
Sie war wie (fast) jeden Tag zufrieden gewesen. Mit sich und mit Tula.

48 *Tula war ein Glücksgriff. Auf sie konnte sie sich verlassen. Trotzdem sagte sie lieber alles ein zweites Mal. Sicher ist sicher. (Die Blonde ist ein Kontrollfreak.)*
„Tula?"
„Yes, Madam."
„Vergessen sie nicht das Tier!"
Tula hatte die Augen verdreht. Wie (fast) jeden Tag, wenn sie die Blonde an etwas erinnerte, was sie garantiert nicht vergessen hätte.
Dieses Tier! Das hatte ihr gerade noch gefehlt. Aber da musste sie durch. Madam zahlte schließlich nicht schlecht.
„Auf Wiederseh'n, Tula!"
„Good bye, Madam!"
Dann war die Haustür ins Schloss gefallen. Sie war alleine mit einem Tier, das sie noch nie gesehen hatte.

Was würde sie erwarten? Wie würde es reagieren? Aber Tula war eine Frau der Tat. Deshalb hatte sie nicht lange herumfantasiert, sondern die Schüssel mit dem Haferbrei genommen und sich ein weißes Tuch vor Mund und Nase gebunden.
Dann hatte sie tief durchgeatmet und war losgegangen. Den Rest der Geschichte kennen wir.

49 Stunden später roch es in der Küche wie in einem indischen Gewürzladen. Tula war mit dem Kochen fertig. Drei Tontöpfe standen auf der großen Wärmeplatte neben dem Arbeitsbrett, die Schüssel mit dem Dessert und die Karaffe mit den Drinks waren im Kühlschrank verstaut. Fehlten nur noch die Kerzen. Hoffentlich vergaß Madam nicht darauf. Wäre nicht das erste Mal.

50 Tula hatte ein 1A-Gedächtnis. Musste sie auch haben. Wie sonst hätte sie sich bis hier her durchschlagen können? Ohne Freunde, ohne fremde Hilfe, ohne die neue Sprache. Ihr Gedächtnis funktionierte wie eine Suchmaschine. Alles was es sich merken sollte, wurde abgelegt und bei Bedarf

auch wieder gefunden. Und zwar nanosekundenschnell.

Tula stellte die Eieruhr auf 15 Minuten. Dann nahm sie einen Hocker, stellte ihn vor das Küchenfenster, setzte sich und betrachtete den Himmel. Das machte sie immer, wenn sie mit dem Kochen fertig war. Es war ihre Traumzeit. Ihre Reisezeit. Sie reiste jeden Tag an den gleichen Ort: nach Hause. In ein kleines Haus, in einem kleinen Dorf am Meer, im Süden Indiens.

51 Je schneller der Galopp der Wolken, desto schneller war sie dort. Wenn es, wie heute, keine gab, malte sie sich welche aus. Es waren perlmuttglänzende Watteplaneten, mit denen sie dorthin zog, von wo sie ausgezogen war. Besser gesagt: ausziehen musste. Tula war die einzige ihrer Familie, die Geld verdiente. Aber lassen wir das. Jetzt wollte sie nicht daran denken. Sie wollte das Meer riechen, die weißen Haare ihrer Mutter kämmen und mit den Kindern vom Ort Muscheln sammeln. Am Abend würde der Vater kommen und frische Fische, Obst und Gemüse bringen. Sie würden zusammen kochen, essen und sich bis in die Nacht hinein vieles

erzählen. Irgendwann würden sie schweigen, den Wellen lauschen und auf den Morgenstern warten.

52 Die Eieruhr begann zu scheppern. Unerbittlich. Blechern. Brutal. Sie warf Tula aus ihrem Traum.
Tula sprang vom Hocker, packte die Uhr und warf sie in den Wasserkrug, den sie schon für die Gäste gefüllt hatte.
Die Gäste! Wie spät war es? Sechs Uhr vorbei.
Tula rieb sich die Augen, zupfte ihren Sari in Form und massierte kurz ihre Handflächen. Jetzt war sie wieder voll da. Von Kopf bis Fuß ganz perfekte Haushälterin von Madam.

53 Jemand steckte den Schlüssel in die Eingangstüre und sperrte auf.
„Tula?!"
Die Madam! Früher, als erwartet. Das machte sie immer, wenn Gäste kamen. Tula konnte es nicht leiden.
„Tula? Where are you?"
(Wenn Madam Englisch sprach, war sie ungeduldig.)
„Yes, Madam! I'm here!"

Tula war beim Tischdecken im Speisezimmer. Die Blonde ging in die Küche.

„Tula, I have the candles and a big bunch of flowers!"
Tula verdrehte die Augen. Als hätte sie nicht schon genug Stress: Die Tafel nicht fertig, im Salon nebenan das Tier (Tula nieste. VERDAMMTES TIER!), Madam in der Küche und jetzt auch noch *flowers!*
Madam hob – wie immer – die Deckel von den Töpfen.
Tulas Gesicht färbte sich kaffeebohnenbraun. Sie war fuchsteufelswild.
Gleich würde Madam von allem kosten und alles – wie immer – „himmlisch" finden.
Für begnadete Köchinnen wie Tula war Töpfeschnüffeln eine Majestätsbeleidigung. Sie wuchtete den silbernen Kerzenleuchter auf den Tisch.
„MADAM! THE CANDLES!
„Just a minute, Tula! The food is divine!"
Tula biss sich auf die Lippen und wünschte der Blonden einen Niesanfall. Bekam diese natürlich nicht. Stattdessen schwirrte sie lächelnd herein, drückte Tula Kerzen und Blumen in die Hände und verschwand Richtung Bad.
Draußen klingelte es. Die ersten Gäste.

54 Drinnen – im Salon – erwachte Kruwu aus tiefer Traumlosigkeit. Sein Kopf war kokosnussschwer, das Fell verschwitzt, das linke Auge verschwollen.

Langsam renkte er sich zusammen, fand seine Gedanken wieder und auch sein übriges Körpergefühl. Für seine Begriffe war er tot. Fix und fertig. Mit sich und überhaupt. Er sah schwarzschwarzschwarz.

KOHLRABENSCHWARZ. Mehr noch: ER WAR das Kohlrabenschwarze an sich. Sein Strahlen war verglüht.

‚Durch und durch kohlrabenschwarz', dachte er, ‚wie ein Haufen kalter Kohle!'

Er drückte sich in den weichen Polster und beschloss DAS ENDE. Doch, ob er wollte oder nicht: Es ging weiter.

55 Im Speisezimmer war etwas los. Besteckgeklapper. Gläsergeklirre. Menschenstimmen. Stimmen von Frauen und Männern. Fremde Stimmen. Zwei kannte er: Die tiefe (sie sprach wenig) gehörte zu Sweetie, die hohe (sie sprach am meisten)

gehörte der Blonden. Reden war, neben indischem Essen, ihre zweite Leidenschaft. Jetzt lachten die Menschen! Jetzt riefen alle gleichzeitig (und sehr laut): „JAAAAA!!!" Jetzt klatschten sie.
Die Speisezimmertüre wurde aufgemacht.
Schritte.
Die Blonde!
Gleich würde sie den Vorhang beiseite schieben und mit der Taschenlampe nach ihm suchen. Sie wollte ihr Tanztier holen. Kruwu drehte sich zur Wand und vergrub sein Gesicht in den Vorderpfoten. Der Vorhang öffnete sich. Ein Lichtstrahl traf Kruwus Hinterteil.
„Naaaa, wo ist denn mein kleiner Racker?"
Gleich würden ihre Finger nach ihm grapschen!
Und schon taten sie es. Wie immer schnalzte die Blonde dabei leise mit der Zunge. Kruwu fuhr mit einem Satz herum. Sein Gebiss blitzte auf – und ehe die Blonde ihre Hand zurückziehen konnte, blutete sie.
„Du dreckiges Luder, du mieses! Du undankbarer Inderbankert! Spiel' dich nicht, jetzt wird getanzt!"
Jetzt wird getanzt?
Er sollte tanzen?

Tanzen!
Er würde wieder tanzen!
Im Rampenlicht stehen!
Der Star des Abends sein!
Das Leben hatte wieder einen Sinn: DIE BÜHNE!
Die Blonde trug ihn ins Speisezimmer.
Kruwu war butterstreichelweich.
Sein Herz pochte bis in die Zehenspitzen.

56 Im Speisezimmer empfing ihn Applaus.
„K R U W U ! K R U W U !"
Die Blonde platzierte ihn auf ein niederes, rundes Podest in der Mitte der Tafel. Am Boden lagen seine Utensilien. Die zehn Fingerhütchen, ein seidener Umhang und ein Samtkäppi.
Im Speisezimmer empfing ihn Applaus.
„K R U W U ! K R U W U !"
Die Gäste wollten ihr Spektakel. Sie wollten ihn!
Kruwu wurde nervös. Denn wie hatte die Lehrerin in der Pantomimenschule ihm eingebläut: „Nichts ist schlechter wie ein Publikum mit hohen Erwartungen. Die kannst du nämlich nie erfüllen."
Das hier erwartete anscheinend sehr viel.

Kruwu wurde unsicher.

(Die Blonde setzte ihm das Käppi auf.)

Wo war es eigentlich, das Publikum?
Wo waren die Gesichter?
Im Speisezimmer war es dunkeldämmrig. Außer den Kerzen im zehnarmigen Leuchter brannte kein Licht. Die Gäste saßen rund um den Tisch im Finsteren.
Kruwu bekam Angst.

(Die Blonde band ihm den Umhang um.)

Er brauchte doch die Mienen der Menschen! Sie waren seine Spiegel. In ihnen konnte er sehen, wie er ankam. Wie er war!

(Die Blonde fixierte die Fingerhütchen auf seinen Fingern.)
„K R U W U !   K R U W U !"

(Die Blonde rückte den Kerzenleuchter neben das Podest. Im Hintergrund begann leises Trommeln.)

Er musste beginnen!
Wie sollte er beginnen?
Er suchte seine Stimmung.
Die Stimmung vom Blumenmarkt in Mumbai. Die Gerüche. Die Farben. Die Töne. Allein sie brachten seine Phantasie zum Leuchten.
Er fand sie nicht. Sie waren nicht mehr da!
Schließlich begann er irgendwie. Er kreiselte mit den Hüften, schlingerte mit den Fingerhütchen und tänzelte planlos herum. Vorwärts, rückwärts, seitwärts. Nichts passte zueinander. Er war eine hin- und herhopsende Trauergestalt und – das war das Deprimierendste an diesem Trauerspiel – er wusste es.
Sein Tanz hatte keine Magie! Er war erledigt.
Aus der Traum vom Star.
Die Gäste murmelten „Naja". Die Blonde zischte „Miststück!" und brachte ihn in seine Hütte.
MISTSTÜCK! Wie oft hatte ihn der Meister so beschimpft! Es kränkte ihn nicht mehr. Er ist ein Straßenkind. Straßenkinder tragen eine Hornhaut auf ihrer Seele.

57 Am nächsten Morgen standen die RIESEN-Glastüren im Salon offen. Hellgraue Glasperlenschnüre trennten das Innen vom Außen. Kruwu marschierte auf sie zu, schob sie auseinander und trat ins Freie.
Die Luft war samtig.
Er schnupperte Natur.
Die Natur war ein Dachgarten mit Wunderblumengewächsen in Pink und Zinnoberrot, mit knorrigen Zwergföhren und zotteligen Fächerpalmen in verwitterten Holzfässern. Aus zwei schmalen Beeten wucherten Heckenrosen, wilder Wein und struppiger Lavendel. Entlang der rechten Mauerseite zog sich ein Swimmingpool. An seinem Ende stand ein von Efeu überwachsener, achteckiger Pavillon. Eingezäunt war dieses Paradies mit einer Mauer aus Beton.
Kruwu steuerte auf die linke Seite zu.
In ein paar Minuten würde er frei sein!
Er kletterte auf eine Zwergföhre, die etwas über die Mauer hinausragte.
Er ignorierte die Stiche der Nadeln und das klebrige Harz auf Stamm und Ästen.

Hauptsache, FORT! FORT! FORT!
Je höher er kam, desto schneller stieg er.
Noch ein Ast!
Und noch ein Ast!
Und jetzt der Wipfel!
Kruwu umklammerte ihn und pendelte seinen Körper mit einem kraftvollen Schwung in Richtung Mauer.
Über dem Gesims ließ er los.

58 Er landete auf allen Vieren, rappelte sich auf. Bloß keine Zeit verlieren! Wer weiß, wann die Blonde und Sweetie zurückkommen würden. Jetzt hieß es: Standort erkunden. Ein Blick genügte und Kruwu war klar: Er hatte keine Chance.
Unter ihm lag ein Meer aus mehr oder weniger hohen Hochhäusern. Der Dachgarten schwebte über allen. Er befand sich auf einem der höchsten Hochhäuser …

Kruwu hockte sich nieder. Vielleicht war all das ein Trugbild? Er rieb sich die Augen – das Häusermeer ließ sich nicht wegreiben. Der Horror war echt. Alles war echt. Kruwu saß wie angewurzelt. Sein Körper war stocksteif geworden. Minuten später kippte die kleine Figur zur Seite und blieb reglos liegen. So fand ihn die Blonde am Abend.

59

„Sweetie!"
Zwei, drei Sekunden verstrichen.
Sweetie kam nicht. Der linke Fuß der Blonden begann hektisch zu wippen. „S W E E T I I I I EEEEEEEE!"
Ihre Stimme überschlug sich. Sie packte einen Besen. Gleich würde sie damit ......
„Was gibt's?"
Sweetie lugte zwischen den Glasperlenschnüren hervor.
„Mir reicht es! Bring' ihn weg! SOOOFORT!"
Die Blonde zeigte mit dem Besenstil auf Kruwu.
„Er ist tot!"
Sweetie trabte aus der Deckung, holte die Kurzleiter, die neben dem Pavillon lehnte, stellte sie unter die Stelle, an der Kruwu lag, stieg hinauf, packte ihn

an einer Fellfalte am Genick und holte ihn herunter. Sweetie machte alles, was die Blonde befahl. Er widersprach nie. Er wollte keine Debatten. Er wollte seine Ruhe.
Die Blonde hatte sich eine Zigarette angezündet. Sie rauchte hektisch und starrte in den Pool.
Sweetie wartete auf den nächsten Befehl.
„Was jetzt?" „Was jetzt!? Was jetzt!? Lass' ihn irgendwo aus! Aber nicht in unserer Nähe!"
„Okay, Schatz. Bis bald."
Sweetie verschwand mitsamt dem scheintoten Kruwu zwischen den Glasperlenschnüren.
Bald darauf fiel die Eingangstür ins Schloss.

60 Wo war er? Auf jeden Fall wieder bei Sinnen. Trotz offener Augen sah Kruwu nichts. Es war stockdunkelfinster. Er lag auf etwas Hartem. Rund um ihn brummte es einmal lauter, einmal leiser, und es roch wie in den Straßen von Mumbai: Nach Motoröl, Asphalt und Benzin. Ab und zu wurde er herumgeschleudert.
Meist jedoch vibrierte das Ding, in dem er lag, sanft auf und ab. Nicht unangenehm. Plötzlich ein Ruck.

Sein Körper ruckte mit. Dann Stillstand. Ein dumpfer Knall. Über ihm ein Schnappen. Sweetie klappte den Kofferraumdeckel hoch. Er hatte sein Auto unter einer Straßenlaterne geparkt. Grelles Neonlicht fiel auf Kruwu. Rundum war Nacht.
Sweetie nahm sein Handy, tippte eine Nummer ein. „Hi, Schatz. Er lebt ....
.... Was? ...... Wie du meinst. Okay. Mach' ich."
Sweetie griff nach einem schmierigen Plastiksack, packte das kleine schwarze Tier wie vorhin an der Fellfalte am Genick, steckte es in den Sack, schlug den Kofferraumdeckel zu und sah sich um.
Kruwu musste entsorgt werden.

61 Im Plastiksack stank es nach verdorbenem Fisch. Kruwu vergrub seine Nase in seinem Brustpelz. Er duftete nach Sesampaste. Er hatte sie heute auf dem Frühstücksbrei. Und frische Datteln! Und gesüßten Schlagobers! Seitdem hatte er nichts gefressen. Er hatte Hunger!
Der Plastiksack rollte vorundzurückvorundzurück. Lange würde er das nicht aushalten.
Ihm war kotzübel.

62 Sweetie fehlte der Plan. Er war einfach drauf losgefahren. Hauptsache, weit weg vom Schuss. Ganz wie Blondie es gewünscht hatte. Jetzt hatte es ihn in eine Gegend verschlagen, in der er normalerweise nicht einmal durchfahren würde. Es war eine Ungegend.
Außer alten Straßenlaternen, losen Randsteinen und überquellenden Mülltonnen war nichts. Auch jenseits des Trottoirs schien nichts zu sein. Jedenfalls konnte er nichts erkennen. Irgendwo rief ein Käuzchen. In der Ferne grollte Verkehrslärm. Sweetie war kein ängstlicher Mensch. Diese Ödnis allerdings war ihm nicht geheuer. Bei der nächsten Gelegenheit würde er das Tier aussetzen. Und dann ab durch die Mitte. Nach Hause. Ins Bett.

63 „Tschüs und gute Nacht!"
Sweetie steuerte auf eine rostige Wellblechtonne zu. Er bückte sich und stülpte den Plastiksack um.
Kruwu kollerte auf den teerbeschmierten Boden. Die Übelkeit war einem brennenden Schmerz gewichen. Tausende Messer schabten auf seinen Knochen!

Kruwu schleppte sich unter die Tonne. Es roch nach Hundepisse und Alkohol. Zwischen Glasscherben, Papierfetzen und Blechdosen lag verschimmeltes Brot, verfaultes Obst, harter Käse, verrottetes Gemüse.

Gierig begann er den Abfall zu durchwühlen. Er hatte Glück. Ganz hinten fand er eine Orange. Sie war zwar runzlig, aber noch gut. Er verschlang sie mitsamt der Schale. Daneben lag Käse. Er schupperte. Ranzig. Egal. Besser als zu verhungern! Kruwu langte nach dem fettglänzenden Stück – und zuckte zurück. Eine Krallenpfote schoss auf ihn zu und schnappte sich die Beute. Eine zweite haschte nach seinen Pfoten. Eine dritte hakte sich in seine Nase.

RATTEN! Rings um ihn, alles voller Ratten! Kruwu rannte um sein Leben.

64 Minuten später brach er neben einem Randstein zusammen. Er konnte nicht mehr. Er hatte Todesangst. DIE RATTEN! Ihre giftgrüngelben Augen würde er nieniemehr vergessen! Sie würden ihn verfolgen. Sie würden ihn finden. Und dann?

65 Die Ratten kamen nicht.
Im Müll ist es wie im Dschungel. Wer die Gesetze verletzt, wird verletzt – oder getötet. Das oberste Gesetz lautet: „Störe meine Kreise nicht!" Kruwu hatte es verletzt – und war mit einem tiefen Kratzer auf der Nase gewarnt worden. Das nächste Mal würden die Ratten ihn zerbeißen.

66 Der Asphalt war kühl und taufeucht. Kruwu schmiegte sich an den rauen Randstein. Das beruhigte ihn. Der Stein gab ihm Halt. Er lag da, ohne zu denken. Noch nie war er sich so nah gewesen wie in diesem Rinnsal. Er hatte nichts, außer sich, aber ER WAR!
Er fühlte sich leer und voll zugleich.
War das GLÜCKLICH?
Der Morgen begann zu dämmern. Ein Vogel begann

zu zwitschern. Und Kruwus Gedanken begannen wieder zu kreisen. Er musste weiter!

67 Kruwu tastete nach seiner Nase. Sie war geschwollen und blutverkrustet. Er brauchte Wasser. Schwerfällig erhob er sich. Er sah eine Wiese, dahinter einen Maschendrahtzaun und Bäume, die er nicht kannte. Kruwu kannte nur Mangobäume. Auf den Bäumen hingen kleine runde rote Früchte. Wo es Früchte gab, musste es Wasser geben. Dort wollte er hin!

68 Er kam nicht hin.
Der Zaun war elektrisch geladen.

69 Kruwu verbrachte zwei weitere Nächte auf der Straße. Er wurde von verwahrlosten Hunden gejagt und von streunenden Katzen verfolgt, und er fraß alles, was er unterwegs fand: Beeren, Nüsse, Wurzeln. Tagsüber versteckte er sich unter Holzstößen oder im Gebüsch.
Aber er gab nicht auf.
Etwas in ihm trieb in weiter und weiter und weiter.

Und er ging und ging und ging.
Er wurde nicht müde.
Er spürte nichts.
Er war wie in Trance.

70 Am späten Abend des dritten Tages begab er sich erneut auf Wanderschaft. Er startete auf der Landstraße, auf die er gestern – zeitig in der Früh – gestoßen war.
Es war eine nervöse Nacht. Der volle Mond wurde immer wieder von gewittrigen Wolken verschluckt. Alle Schatten wurden zu Gespenstern. Sie verfolgten ihn. Er begann zu hetzen. Endlich! Ein Ausweg! Er bog in eine Allee mit Kastanienbäumen. Die Fahrbahn war aus feinem Schotter. In ihrer Mitte zog sich ein Grasstreifen. Hier konnte er verschnaufen. Kruwu hockte sich hin. Er spähte rundum. Zu beiden Seiten, hinter den Kastanienbäumen, stand dichter Wald. Stockdunkel und still. Unheimlich still. Dann. Plötzlich. Ein splitterndes Knacken. Kruwus Nackenhaare sträubten sich. Er sprang auf und stürmte los. Und wieder! Dieses Knacken. Es war jetzt ganz nah. Shiva sei

Dank, eine Kurve! Gleich würde er aus dem Blickfeld seines unsichtbaren Jägers verschwunden sein. Der Weg krümmte sich nach rechts und – träumte er, oder was? – LICHT! Da war Licht! Licht, das aus einem Fenster fiel. Und plötzlich wusste er, was ihn angetrieben hatte: SEHNSUCHT! SEINE SEHNSUCHT nach Menschen. Nach ihrer Welt. Er war immer unter Menschen gewesen. Er war ein Menschentier. Tier-Tiere hatten ihn nie interessiert. Der Weg neigte sich sanft bis hin zu einem großen schmiedeeisernen Tor.

71 Davor stand er nun. Sah das erleuchtete Fenster (hoch und schmal) und die Umrisse eines Hauses. Besser gesagt, eine Seitenfront eines Hauses. Das Haus schien weiß zu sein. Beim nächsten Mondstrahl würde er es sehen.

72 Kruwu robbte unter dem Tor durch. Der Wind hatte sich gelegt. Der Mond war aufgetaucht. Es war fast taghell. Rechts lag still der Wald. Links führte ein breiter Kiesweg – wohin?

Nach etwa 100 Kruwu-Schritten* kam er aus dem Staunen nicht mehr heraus. Das Haus war EIN SCHLOSS. (Es musste ein Schloss sein! Schlösser kannte er aus dem Kino. Saisa war jeden Samstag ins Kino gegangen und er mit ihm.)

Das hier war ein zweistöckiges, schneeweißes Gebilde mit einer Treppe (samt Terrasse) aus schneeweißem Marmor und einem Turm. Ein Zauberschloss! Zehnmal so breit wie Saisas Schuhputzerkiste! An der langen Front reihten sich eins, zwei, drei, vier, fünf, sechs, sieben! Fenster (ebenfalls hoch und schmal) und eine Flügeltüre aus Bronze.
Darüber hing eine Laterne.
Vor dem Schloss lag ein Teich mit Seerosen und einer steinernen Figur, die Wasser spuckte.

* 1 Kruwu-Schritt = zirka 5cm

Hier wollte er bleiben. Das Gemurmel des Wassers beruhigte ihn. Er spürte wohlige Müdigkeit.

73 Jetzt brauchte er nur noch einen Platz für den Rest der Nacht ......

74 ...... und Kruwu fand jene feuchte Höhle unter dem Rosenstrauch, in der wir ihm zum ersten Mal begegnet sind. Da kauerte er nun und starrte vor sich hin. Er konnte nicht einschlafen. Zuviel war in den Tagen nach Mumbai passiert.
Er dachte an den Blumenmarkt.
An Ganesha.
An die Tempeltänzerinnen. Sah sie tanzen und lächeln und die Farben ihrer seidenen Saris: Safrangelb ...... Sonnengold ...... Mohnrot ...... Indigoblau ...... und schließlich träumte er von ihnen.

75 Ein kehliges Schnurren weckte ihn.
Kruwu blinzelte zum Ausgang der Höhle. Von einem Blinzler zum anderen war er putzmunter. Was, oder besser gesagt: WER WAR DAS DENN?
Kruwu blickte in zwei hellblaue mandelförmige

Augen hinter einem Vorhang aus Wildrosen. Die atemberaubenden Augen saßen in einem weißen Fellgesicht. Es war das Gesicht einer RIESENKATZE. Ihre Barthaare bewegten sich im Rhythmus der neugierig schniefenden Nase. Die Augen kamen näher. Kruwu fauchte, obwohl er eigentlich nicht wollte. Er duckte sich, obwohl er dieses Gesicht am liebsten geküsst hätte. Diese Riesenkatze war das erste Tier-Tier, das ihn interessierte.

76 „Hi! Ich bin Shaana. Wer bist du?" Das wunderschöne Wunderwesen sprach. Zu ihm! Dem staubigen Straßenkind aus Mumbai. Dem zerfledderten Möchtegern-Künstler im abgewetzten Pelz. Dem räudigen Streuner. Normalerweise war Kruwu nicht auf den Mund gefallen, jetzt aber benahm er sich wie ein Dumpfbrummer. Verkrampft glotzte er zu Boden und begann Erdkrümel zu zählen.

77 Als er doch einen Blick riskierte, war Shaana weg. Er hatte es verbockt.
Sein zickiges Getue hatte SIE verscheucht. SIE? Ja, SIE! Er war sich – keine Ahnung warum – sicher:

Dieses Tier-Tier konnte nur eine SIE sein!
Was sollte er tun?
Sollte er sie suchen?
JA. Aber er traute sich nicht.
Wollte er sie wiedersehen?
JA. Aber er traute sich nicht.
Wollte er mit ihr zusammen sein?
JA. Aber er traute sich nicht.
Kruwu war sein eigenes Pingpong. Bei jedem JA bewegte er sich fest entschlossen zum Ausgang.
PING!
Bevor er jedoch ins Freie trat, kam DIE GROSSE FRAGE: Wie würde sie reagieren?
PONG!
Es war zermürbend. Vorundzurück. Vorundzurück. Vorundzurück. Aber er konnte nicht anders. Er war scheu geworden. Und misstrauisch. Ein Feigling!
Er verachtete Feiglinge.

78 Shaana schmollte.
Endlich hatte sie einen Spielgefährten (oder war es eine Gefährtin?) gefunden, und der/die war unlustig. Sie war nie unlustig. Sie genoss ihr freies

Leben. Feste soll man feiern, wie sie fallen. Und fallen keine, macht man sich welche!

79 Shaana war im Zoo geboren worden. Sie war die Tochter einer Pantherin aus Afrika und eines Panthers aus Südostasien. Ihre Eltern waren schwarz. Sie war weiß. Shaana war eine Albina. Ihr fehlten jene Teilchen, die aus weiß eine dunklere Farbe machen. In der Regel haben Albinas (und logischerweise auch die männlichen Albinos) rote Augen, Shaanas hellblaue waren die Ausnahme von der Ausnahme.

80 Der wollige weiße Panther (einhundertzwanzig Zentimeter lang, sechzig cm hoch) war die Sensation. Tagtäglich stürmten die Menschen vor den Käfig, in dem sie mit ihren Eltern und den vier Geschwistern – allesamt blauschwarz – rotierte. Ja, rotierte, denn wie sollte man das sonst nennen, wenn man die Weite der Welt zwar ahnt, aber nur ein Fleckchen davon betreten darf?

81 Shaana war eine Rebellin. Bereits von klein auf. Sie wusste, sie hatte nur eine Chance: DIE AKTION.
Die beste Aktion ihres Lebens war die Flucht aus der Gefangenschaft. An ihrem dritten Geburtstag hatte sie das Geglotze der fotogeilen Menschenmeute bis oben hin. Sie pfiff auf die Extraportionen Fleisch, die sie noch bekommen würde. Sie wollte weg. In der Nacht nach dem „Happy Birthday, dear Shaana!" hat sie sich unter dem Gitter durchgebuddelt und: Adios! Auf Nimmerwiederseh'n, Wärter!
The show is over! Eure knuddelige Cash-Cow ist futsch! SORRY!

82 Shaana war nicht nur total uneitel und sehr mutig, sie war auch ein Glückskind. Ihr Glückstreffer Nummer eins hieß Emma.
Nur Stunden nach Shaanas Flucht, begegneten sie einander in einem Park nahe dem Zoo. Es war, als ob sie sich schon ewig kannten. Sie tollten bis zum Umfallen, dann rief Emma ein Taxi.
„Zum Schloss, bitte!" Der Fahrer war ziemlich irritiert, sagte aber kein Wort. Das exzentrische Duo

stieg ein. Emma legte den weißen Panther neben sich und los ging es. Hinaus aus der Stadt! Hinein in die Wildnis!

83 „Was ist denn, Shaana?" Shaana zerrte an Emmas Pyjamahose. „Nein! Jetzt wird nicht gespielt."
Emma saß beim Frühstück. Es gab Porridge, schwarzen Tee und Obst. Außerdem Käse, Schinken und frisches Brot (vom Bauern nebenan). Emma bevorzugte *British Breakfast* und auch sonst liebte sie es *british*. Emma war, obwohl erst zehn Jahre alt, schon ziemlich weit gereist. Emmas Eltern waren Archäologen. Derzeit gruben sie in Ägypten. Emma konnte leider, leider! nicht mehr mit, sie musste zur Schule. Schule war mau, reisen war wow!

84 „Emma! Beeil' dich!"
Das war Cilly.

85 Cilly war Haushälterin im Schloss und Emmas Kindermädchen. Die einzige erwachsene Person übrigens, vor der Emma Respekt hatte.

Cilly war cool. Sie war zwar nicht mehr die Jüngste (Cilly war 40-plus!) aber Cilly kletterte mit ihr auf Bäume, hatte zero Angst beim nächtlichen Glühwürmchenjagen und verwöhnte Shaana mehr als nötig. Zugegeben, manches Mal machte sie das eifersüchtig, aber so what!

86

„EEEE M M M AAAAA!"
„Jahaaaa! Gleiiiheiich! Ich komme!"
Emma nahm noch einen Schluck vom Tee. KÖSTLICH! Dann hüpfte sie vom Lehnstuhl. Es war ein supermegagroßes Exemplar. Sie passte dreimal in dieses plüschige Monster.
Emma hatte eine schlaksige Figur. Ganz der Papa, wie Mama zu sagen pflegte. Ach, wäre sie nur bei ihnen! Nach welch' morscher Mumie würden sie wohl gerade graben?
„EEEEEEEMMMMMMMAAAAAAAA!"
„Ich komm' ja schon!"
Wenn sie etwas an Cilly nicht mochte, dann dieses Morgengestresse.

87 Emma schüttelte ihre kupferrote Mähne und stampfte zu Cilly ins Bad. Zähneputzen. Gesicht waschen. Kämmen. Anziehen …… and so on …… um acht Uhr würde sie Cilly in die Schule fahren. Heute hatte sie auch nachmittags. Klavierstunde. Lieber nicht daran denken!
Wo war eigentlich Shaana? Emma sauste noch mal zurück in das Speisezimmer.
Shaana war verschwunden.

88 Shaana war sauer.
Dieser Tag war nicht ihr Tag.
Das fremde Tier hatte sie angepfaucht. Emma hatte sie ignoriert und ihre Freude am Spaß war auch flöten. Shaana langweilte sich.
Sie balancierte den Rand des Teiches entlang und haschte nach Mücken, die über dem Wasser tanzten. Sie erwischte sie nicht. Unnötiges Ungeziefer! Mal sehen, was sich in der Höhle tut. Die weiße Pantherin pirschte durchs Gras. Duckte sich, äugte rundum, schnüffelte – es tat sich nichts.
Shaana pirschte weiter. So muss es sein, wenn man sich dem Feind nähert. Das hatten ihr die Eltern

beigebracht. Wie hatte sie im Zoo darüber gespottet! Jetzt konnte sie es gut gebrauchen.

Vorsichtig näherte sie sich dem Eingang der Höhle, spähte zwischen den Rosenblüten ins Innere und – keiner da. Der Feind war ausgeflogen.

89 I-n-t-e-r-e-s-s-a-n-t!
Der Tag schien doch noch spannend zu werden.

90 Kruwu hatte es in der Höhle nicht mehr ausgehalten.
ER MUSSTE SIE WIEDERSEHEN.
Wo mochte sie sein?
Beim Teich? Er ging zum Teich.
Seine Knie waren weich wie Mangomus. Sein Bauch stand unter Strom.
Beim Teich war sie nicht.
Er stiefelte hinter das Schloss. Weit und breit nur Brennnesseln. Er machte wieder kehrt. Zu allem Unglück schwitzte er auch noch! Ein verschwitzter Pelz war wie verschmierter Lippenstift.
Einfach abturnend.

91 WO WAR SIE? Kruwu stand wieder vor dem Schloss. Er war ratlos. WO KONNTE SIE SEIN? Er setzte sich neben den Teich. Hier war es kühl und er hatte alles im Blick: Die Treppe, die Eingangstür und den Weg hinunter zur Ausfahrt.
Er begann Kieselsteine ins Becken zu werfen.
Plop. Plop. P'lp!
Ein Vogel gesellte sich zu ihm. Flog weiter zur Steinfigur, nippte Wasser, flog weg. Sonst tat sich nichts.
Plop! Pl'p. Plup.
Er griff nach einem neuen Stein. Wie jedes Mal, schaute er dabei zum Weg, zur Treppe, zur Eingangstür. Und – hörte er richtig, oder was? Der eine Flügel (der mit dem Griff) knarrte leise, öffnete sich zeitlupenmäßig und – Kruwu sprang – zack! – auf, strich sich den Pelz glatt und stand stramm. Ja! Stramm. Brust heraus, Bauch hinein. ‚Idiot!', dachte er und dann dachte er nichts mehr.
Shaana drängte sich mit gesenktem Kopf ...... WIE SIE GEHT! murmelte Kruwu und war noch mehr hin und weg als er es ohnehin schon war.
Also: Shaana drängte sich mit gesenktem Kopf aus dem Türspalt, streifte über die Terrasse und glitt

graziös ... WIE EINE KÖNIGIN, flüsterte Kruwu.
Sein Kopf dröhnte. KÖNIGIN.KÖNIGIN.KÖNIGIN.
Shaana ging, wie sie immer ging: Einfach die Treppe hinunter.

92 JETZT ODER NIE!
Kruwu nahm sich selbst bei der Hand und zog sich dorthin, wo es ihn hinzog. ZU IHR.
Diesmal würde er sie ansprechen.

93 Shaana war wieder mies drauf. Nirgends eine Spur von dem fremden Tier. Klar, er war ein Winzling, aber wittern müsste sie ihn doch. Sie hatte eine ziemlich feine Nase.
„Hallo!"
War da was?
Shaana spitzte die Ohren.

94 „Halloooo!"
Das kam vom Ende der Treppe.
Shaana lauerte. Und wieder: „Hallo!"
Der Fremdling! Das ist doch nicht die Möglichkeit!
Steht da im Schatten eines Treppenpfeilers und

schwitzt! Ist doch gar nicht so heiß heute. Shaana hob die linke Augenbraue und taxierte ihn. (Das war fies. Aber, warum sollte sie es ihm leicht machen? Er hatte sie angepfaucht.) Ihr Urteil war rasch gefällt: Keine Stimmgröße, der Kleine, aber sonst ganz nett. Nicht schön, aber tolle Augen. Verklemmt. Trotzdem: Einen Versuch wert. Sie tänzelte zu Kruwu. „Hey!"
Kruwu stand wie ein Holzpflock.
Dabei wollte er sich doch formvollendet vorstellen. Er wollte sagen: ‚Hallo, ich heiße Kruwu und möchte dich gerne kennenlernen.'
Er bewegte seine Lippen, aber es kam kein Ton.
„Komm!", sagte Shaana und bugsierte ihn in Richtung Teich. Der Kerl brauchte Starthilfe.

95 Sie platzierte ihn nahe ans Wasser und hechtete hinein. Eine Fontäne schwappte über Kruwu. Das wird ihn zum Leben erwecken. Shaana irrte sich nicht.

96 Pitschpatschnass, hustend und prustend bettelte Kruwu: „Schluss. Schluss. Bittebitte, Schluss!" Übung gelungen! Der Typ war gelockert.

„Ich heiße Kruwu und möchte dich gerne kennenlernen."

„Na, dann! Los! Ich zeig' dir den Garten und das Schloss."

Sie sprintete davon. Er strampelte hinter ihr her.

97 Gegen sechzehn Uhr kam Emma nach Hause. Sie stürmte in das Speisezimmer. Sie hatte Megahunger. Wo war Cilly?
„C i l l y !"
„Bin in der Küche."
Emma stürmte zu ihr.
„Hi! Was gibt es zu essen?"
„Gebratene Nudeln mit Erbsenschoten und Hühnerbrust."
„Hmmm. Und zum Dessert?" „Was wohl?"
„S c h o k o p u d d i n g   m i t   H i m b e e r s a u c e !", riefen sie im Chor und lachten.
„Und jetzt: Ab ins Bad. Händewaschen!"

98 „Schmatz! Schmatz!"
Emma bestieg ihren „Thron" am Ende des langen Tisches und band sich die Serviette um. Cilly

richtete an. Eine große Portion Nudeln für Emma, eine kleine für sich.

„Prost, meine Liebe!"

Sie erhob das Glas mit Apfelsaft.

„Auch Prost, meine Liebe!"

Emma schlürfte einen Schluck und machte sich über den Nudelberg her.

Eine Weile schwieg sie. Cilly sah sie besorgt an.

‚Das Kind ist todmüde.' Cilly sah es an ihren Augen.

‚Die schick' ich heute früh ins Bett.'

„Cilly?"

„Ja."

„Wo ist eigentlich Shaana?"

Sie kam sonst immer, wenn es etwas zu essen gab.

„Keine Ahnung. Wie war es in der Schule?"

„Erzähl' ich dir morgen. Ich geh' Shaana suchen!"

99 „Cilly! Cilly! Schnell! Komm'!"

Emma stand auf der Terrasse und hüpfte von einem Bein auf das andere. Das Kind war ja vollkommen außer sich!

„Schau' doch, Cilly!"

Emma zeigte zum Teich.

Dort lag Shaana – lässig hingestreckt, mit schläfrigem Blick – und beobachtete Kruwu. Der kleine schwarze Wusel tanzte vor ihr.
Emma und Cilly hockten sich auf die oberste Stufe der Treppe.
Emma kuschelte sich an Cilly.
„Cilly?"
„Ja?"
„Ich finde, der Kleine ist verliebt in sie."
Cilly lachte.
„Komm' jetzt! Ab ins Bett."
Emma widersprach nicht. Das kam selten vor.

100 „Gute Nacht, mein Schatz! Schlaf' gut!" Cilly küsste Emma auf die Stirn.
„Gute Nacht, Cilly. Wann kommen eigentlich Pa und Ma?"
„Bald, mein Schatz, nächste Woche."
Auf Zehenspitzen ging Cilly hinaus. Die Schlafzimmertür ließ sie einen Spalt offen. Heute war Vollmond. Bei Vollmond schlief Emma schlecht. Nicht erst einmal hatte sie die Nacht auf der Couch neben Emmas Bett verbracht.

101 Emma war sofort eingeschlafen.
Im Traum fand sie wurmstichige Mumien, ritt auf Kamelen durch die Wüste und kletterte auf Dattelpalmen. Von dort flog sie ans Ufer des Nil. Ein Boot aus Palmblättern kam daher.
In dem Boot saßen
Shaana und Kruwu.
Emma winkte ihnen zu.
Sie wollte mit ... aber ...

... die zwei dschunkelten vorbei.

IMPRESSUM

Elisabeth Schnürer
KRUWU, 2010

Illustrationen: Gilbert Bretterbauer
Lektorat: Johannes Schlebrügge
Layout und Satz: Christian Schienerl
Druck: Holzhausen, Wien

© 2010 bei Gilbert Bretterbauer,
Elisabeth Schnürer und Schlebrügge.Editor

Vertrieb außerhalb Österreichs:
Vice Versa, Berlin

ISBN 978-3-85160-182-4

SCHLEBRÜGGE.EDITOR
quartier21/MQ
Museumsplatz 1
1070 Wien
www.schlebruegge.com